HEURES DE LOISIR

PAR

M. GUSTAVE D'ARTD

Ma main livre au papier, sans travail, sans étude,
Des vers, fils de l'Amour et de la Solitude.
ANDRE CHÉNIER.

PARIS

LIBRAIRIE DE L. HACHETTE ET Cᵉ
RUE PIERRE-SARRAZIN, 14

1855

HEURES DE LOISIR

TYPOGRAPHIE HENNUYER, RUE DU BOULEVARD, 7. BATIGNOLLES.
Boulevard extérieur de Paris.

HEURES DE LOISIR

PAR

M. GUSTAVE D'ARTD

—

Ma main livre au papier, sans travail, sans étude,
Des vers, fils de l'Amour et de la Solitude.
ANDRÉ CHENIER.

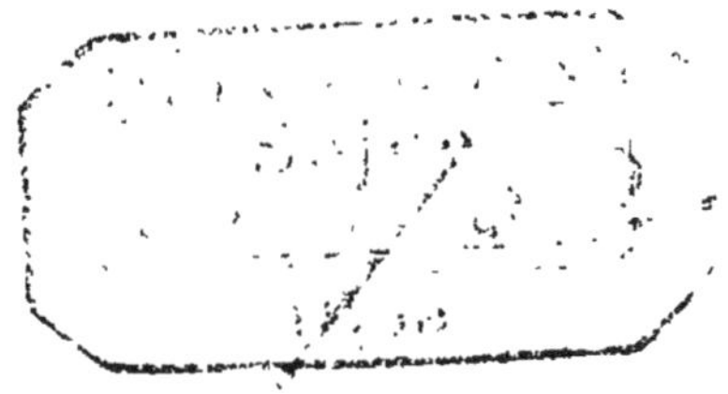

PARIS

LIBRAIRIE DE L. HACHETTE ET Cie
RUE PIERRE SARRAZIN, 14

—

1855

LA TERRE.

—

Salve, magna parens rerum, Saturnia Tellus.

Grande mère de toutes choses
Qui produis le pain et les roses,
Dont l'engendrement incertain
Est encore un profond mystère,
Dis, combien d'humaine poussière
As-tu réchauffé dans ton sein?

Et combien étancha ta lèvre inassouvie
De sang pour fortifier tes membres épuisés;
Combien dévoras-tu d'êtres, pour que la vie
Sans cesse fécondât tes champs ensemencés?

Tout ce qui meurt te régénère,
O toi qui produis sans repos,

Tu nous nourris, ô grande mère,
Avec la moelle de nos os !
Ainsi ta jeunesse éternelle
Ne vient pas d'un divin effort,
Hélas ! et tu n'es immortelle,
Vieille terre, que par la mort !

Tes forêts dont la voix gémit, tes larges plaines,
Tes vastes champs de blé par le soleil jaunis,
Font leur parure d'or, la verdeur de leurs chênes,
Leurs gazons et leurs fleurs sur d'immenses débris.
Et, sujet du travail et d'une loi terrible,
L'homme se voit forcé de déchirer tes flancs,
Et ne songe jamais, fossoyeur insensible,
Qu'il faut broyer les morts pour nourrir les vivants.

Car partout, sur les mers de sable,
Sur les monts, dans tout l'univers,
Il marqua son pied périssable,
Laissa des lambeaux de ses chairs ;
Et dans tous les coins de l'espace,
Partout où vous voyez fleurir
Un brin d'herbe, c'est là la trace
D'un homme qui vint y mourir !

Que faut-il ? te bénir, ô terre, ou te maudire ?

Le Christ a dit : Mangez ma chair, buvez mon sang ;

Si vous avez aimé vous avez dû le dire,

Et mon cœur te bénit, ô Terre ! en s'écriant :

Grande mère de toutes choses,

Qui produis le pain et les roses,

Dont l'engendrement incertain

Est encore un profond mystère,

Dis, combien d'humaine poussière

As-tu réchauffé dans ton sein ?

L'INÉGALITÉ.

A MON AMI E. T.

—

Dans ce monde où je suis depuis un jour entré,

Lorsque j'ai rencontré quelque grande figure,

Un homme que les dons du ciel avaient sacré,

Je me suis incliné me disant : La mesure

Du chêne ne peut pas servir à l'arbrisseau,

Je ne peux pas juger cet homme avec ma taille ;

Mais mon orgueil m'a dit : Il n'est rien qui te vaille,

    Rien n'est grand ! Rien n'est beau !

Rien n'est grand, je suis roi ! Rien n'est beau, je suis juge !

En vain ces hommes forts vont chercher un refuge

Sur les hauts piédestaux d'où leur œil, sans effroi,

Peut contempler les flots que soulève l'envie,

J'escalade leur mont, et près d'eux je m'écrie :

    Pourquoi sont-ils plus grands que moi ?

S'ils sont plus grands, Dieu n'est pas juste ;

S'ils sont meilleurs, Dieu n'est pas bon !

Pourquoi, si j'ai le même buste,

N'aurais-je pas le même front?

Le même œil pour voir la lumière,

Le même esprit, le même cœur ?

Nous sommes la même poussière,

Il n'est ni pire ni meilleur.

Mais ma raison ne peut me suivre

Dans ce problème où je me perds ;

Mon esprit s'exalte et s'enivre,

J'interroge tout l'univers.

Pourquoi le soleil dans sa force

Fait-il croître inégalement

Ce grand chêne à la rude écorce,

Ce petit chêne au pied tremblant?

Pourquoi près des cieux, dans la nue,

L'aigle, amant des monts de granit,

Peut-il fixer avec sa vue

La lumière qui m'éblouit ?

Pourquoi? pourquoi? Misère humaine!
Ce pourquoi qui me fait bondir,
Ce pourquoi dont mon âme est pleine,
Combien sont-ils à le sentir?

Ne cherchez pas comment s'explique
L'ordre que vous n'avez pas fait,
Avec votre humaine logique
Vous n'en saurez pas le secret;
La mort aussi bien que la vie,
Le malheur, la prospérité,
Par l'ordre éternel répartie,
Proclament l'Inégalité;

Comme la loi suprême et dure
Dont on voudra toujours, en vain,
Chez les hommes, dans la nature,
Trouver et la cause et la fin.
C'est la loi! Chacun a sa tâche,
Et la force pour la remplir;
Mais l'œuvre à laquelle on s'attache,
Nul de nous ne peut la choisir!

Le travail qui meut notre vie,

Dieu le mesure aux dons qu'il fit,

Il est rude pour le génie,

Il est aisé pour le petit.

Oh ! n'enviez pas qui s'élève,

Son chemin est rempli de sang...

Vous qui demeurez sur la grève,

Plaignez qui va sur l'Océan !

Ils sont plus forts, et c'est justice,

Car ils ont plus que vous lutté ;

Ils sont meilleurs, car l'injustice

Exigea d'eux plus de bonté.

Si leur œil voit loin dans l'espace,

C'est pour éviter le rocher,

Et si leur pas marque leur trace,

C'est qu'il leur faut toujours marcher.

Donc, taisez-vous, enfants, ce n'est pas un problème,

Car l'Inégalité, quoiqu'une loi suprême,

Par ses nombreux effets a   tout équilibré ;

Et lorsque vous verrez quelque grande figure,

Un homme que les dons du ciel auront sacré,

Ne le mesurez pas avec votre mesure !

Passez devant lui grave et le front découvert :

S'il est plus grand que vous, c'est qu'il a plus souffert !...

LES FORÊTS.

A MON AMI L. M.

Comme des âmes qui soupirent,
Dans la nuit, leurs longues douleurs,
Sombres forêts, vos bruits attirent
Sur mon front de froides pâleurs.

Dans vos profondeurs solitaires,
Qui plaignez-vous si tristement,
Lorsque vos rameaux séculaires
Poussent un long gémissement?

Serait-ce l'âme de la terre
Qui pleure dans vos sombres voix,
Et vos soupirs une prière
Qui gémit, la nuit, dans les bois?

Votre murmure lamentable,
Sous vos profondeurs répété,
Serait-il l'écho redoutable
Des plaintes de l'humanité?

Ce que l'homme en son cœur recèle,
Le désespoir et les désirs,
Et la douleur universelle
Formeraient-ils tous vos soupirs?

Et quand la nuit va disparaître,
Racontez-vous en vos discours
Au triste jour qui va paraître
Les misères des autres jours?

Chantez-vous un hymne rebelle,
Et sur vos fronts cicatrisés
Portez-vous la trace cruelle,
La trace des combats passés?

Ou dans vos molles rêveries
Vos feuillages brillants au jour,
Chantez-vous dans vos harmonies
L'hymne suave de l'Amour?

Ou bien, quand l'horrible tempête
Meurtrit vos rameaux dispersés,
Courbe avec effort votre faîte
Et mugit sur vos fronts brisés ;

Êtes-vous la lutte éternelle
Des malheureux contre les forts ?
Après la rafale cruelle,
Pleurez-vous tous vos frères morts ?

J'ignore où naît votre murmure
D'où nous viennent vos longs émois,
Mais rien n'est beau dans la nature
Comme votre plaintive voix ;

Ni la mer aux sonores plages
Avec ses vagues en courroux,
Ni le ciel enflammé d'orages
N'ont autant de splendeurs que vous !

Et j'aime, quand vient la nuit sombre,
La nuit propice aux souvenirs,
A venir mêler sous votre ombre
Ma tristesse à vos longs soupirs.

LES PÈLERINS.

Depuis quatre mille ans ils parcourent le monde,
Et sèment en tous lieux la parole féconde.
Ils sont partis un jour du sommet Judéen
Quand le Marbre divin descendit de la nue ,
Pour planter les jalons de la voie inconnue
    Que doit suivre le genre humain.

Ils sont partis ; marchons au travers des obstacles,
Ont-ils dit, rien ne peut résister aux oracles ;
Marchons, Dieu nous conduit pour propager sa loi ;
Et que nous fait à nous de savoir notre route ?
Qui s'égare, en effet ? toujours celui qui doute,
    Et notre cœur est plein de foi.

Partis de l'Orient d'où nous vient la lumière

Pleins de foi, pleins d'amour, les pieds dans la poussière,

Les regards vers le ciel, sans craindre le trépas

Ils marchent, en laissant leur trace si profonde

Qu'on pourrait suppléer à l'histoire du monde

    Avec la trace de leurs pas.

Le Premier conduisait ses hordes confiantes

Sous la loi qui sortit des nues éclatantes;

Cette loi leur disait : De Dieu craignez les coups,

Frémissez d'encourir sa terrible colère...

Et le Second nous dit : Croyez-en moi, mon frère,

    Plus de crainte, aimez-vous !

Aimez-vous ! c'est ma loi ! l'antique loi succombe,

Ma loi d'amour vous suit au delà de la tombe.

Donnez-vous votre cœur, c'est tout ce que je veux ;

Ne craignez plus le Dieu courroucé que désarme

Un soupir, un regret, un élan, une larme

    Dont votre cœur voile vos yeux.

Aimez-vous ! aimez-vous ! ô palmiers prophétiques,

Le vent qui vient gémir sur vos cimes bibliques

A porté depuis lors aux quatre coins des cieux
La parole divine éclose sous votre ombre,
Et répandant partout ses semences sans nombre,
        Elle a germé dans tous les lieux !

Et chacun maintenant porte dans sa poitrine
Ce germe de l'amour de céleste origine
Qui nous donna ces biens meilleurs que des trésors,
La Foi qui fait mourir pour éclairer les autres,
La Charité qui fait des maux d'autrui les nôtres,
        L'Espérance qui nous rend forts !

O fils de l'Occident, Pèlerins que Dieu mène
Dans les nouveaux sentiers de la grandeur humaine,
Apôtres de vertus que vous méconnaissez,
Vous êtes si nombreux, ô phalange sans tête,
Qu'on cherche vainement un nom qui nous arrête
        Lorsque près de nous vous passez !

Cependant quelques-uns par leur jeune courage
Attirent les regards et marquent leur passage ;
Ce sont les éclaireurs, le Prêtre et le Soldat,
Qui, résumant en eux les deux divins Prophètes,

Par la Crainte et l'Amour font toutes ces conquêtes
Pour lesquelles l'esprit combat.

Car maintenant, voyez, spectacles magnifiques !
Ces Pèlerins ont pris les vieux sentiers bibliques.
Partis de l'Orient, ils y sont revenus,
Et la force et l'amour rapportent la lumière
Dans ce foyer rempli de cendre et de poussière,
Où la lumière n'était plus.

Désormais tout homme a sa mission divine ;
Parmi les champs de blé nul épi ne domine,
Et pourtant chacun d'eux doit produire du pain ;
Ainsi, tous, nous donnons la sainte nourriture,
Et quoique l'on ignore où fut sa source obscure,
Elle nourrit le genre humain.

HEUREUX CEUX QUI MEURENT JEUNES.

Heureux ceux qui meurent jeunes, ils sont pleurés !

De ceux qui les aimaient brusquement séparés,

Ils laissent après eux, comme les fleurs fanées,

L'enivrante fraîcheur de leurs jeunes années.

La robe qu'ils portaient n'avait pas vu ses plis

Par la boue et l'hiver pollués et flétris ;

La nappe du festin à peine dépliée

Ils sont partis, la lèvre encor mal essuyée,

Quand un convive ami tendait sa jeune main

Pour choquer avec eux un premier verre plein ;

Ils sont partis ! Adieu ! Bon voyage, jeunesse !

Au revoir et pleurons, nous qu'attend la vieillesse.

Heureux ceux qui meurent jeunes, ils sont pleurés !

On ne les a pas vus s'éteindre par degrés ;

Ainsi que le printemps, dans notre cœur fidèle,

Leur image apparaît comme lui jeune et belle,

Souriante à l'espoir, et notre souvenir

En même temps que nous ne les fait pas vieillir.

Nous les voyons toujours fiers et jeunes ; la grâce,

La force et la beauté leur restent quand tout passe ;

La séve bouillonnait encore dans leur cœur,

Ils n'avaient éprouvé jamais regret ni peur ;

Et les voilà partis sans haine et sans envie,

A l'âge heureux où l'on ne tient pas à la vie.

Heureux ceux qui meurent jeunes, ils sont pleurés !

La jeunesse est semblable à ces monts éthérés

D'où l'on découvre, autant que le permet la vue,

Le magnifique aspect d'une immense étendue.

Mais à peine a-t-on pu, d'un regard souverain,

Contempler l'horizon rayonnant et sans fin,

Qu'il faut descendre, hélas ! car l'on ne peut pas vivre

Sur ces sublimes monts où le vertige enivre ;

Et ceux qu'ont ébloui leurs divines splendeurs,

Demeurant trop longtemps, meurent sur ces hauteurs ;

Aussi de ce sommet où la mort vint les prendre,

Désormais nul de nous ne les fera descendre !

Nous les verrons toujours sur les monts éthérés !

Heureux ceux qui meurent jeunes, ils sont pleurés !

A UN AMOUR SANS LENDEMAIN.

—

Enfant, qui près de moi, passant comme la brise,
    Avez laissé votre fraîcheur,
Quand vous m'avez donné votre amour indécise,
    Vous avez gardé votre cœur.

Comme le gai pinson, amant du vert ombrage,
    Vous posez votre chant joyeux
Sur tout arbuste ami, qui sur votre passage
    Offre son feuillage amoureux.

Vous aimez le plaisir : qu'importe le visage
    Qui pâlit sous votre regard !
Le bonheur tant cherché qui fait rêver le sage,
    Vous le trouvez dans le hasard.

Je me suis rencontré dans vos folles ivresses
    Un convive de plus,
Nous avons endormi le soir nos deux paresses
    Dans nos bras inconnus;

Et comme l'hirondelle au lever de l'aurore,
    Reprenant votre vol joyeux,
Vous avez fui mon toit, pour rechercher encore
    D'autres amours, sous d'autres cieux.

Qui sait si le bonheur ne suit pas votre route ?
    Car peut-être qu'en vous l'amour,
Comme l'abeille, fait un doux miel goutte à goutte
    Avec des souvenirs d'un jour.

LA MER.

A MON AMI G. L.

—

Vaste mer qui te plains sans cesse,
Flots verts blanchis par vos efforts,
Pourquoi ce grand cri de tristesse
Qui pleure toujours sur vos bords ?

Portez-vous à la terre émue
L'éternel épouvantement,
Et la menace suspendue
D'un prochain envahissement ?

Ou votre voix longue, indomptable,
Votre terrible et sombre bruit,
Seraient-ils l'écho lamentable
Des clameurs d'un monde détruit ?

Les gémissements des victimes,

Qui, depuis six mille ans poussés,

S'élèvent du fond des abîmes

Où gisent leurs corps dispersés?

Ou comme les vents et l'orage,

O force brutale êtes-vous,

Semant la mort et le ravage,

Un aveugle agent de courroux?

Représentez-vous dans le monde

Le Mal, qui trouble quand il veut,

La seule chose qui féconde,

L'Harmonie, où l'Amour se meut?

Ou maudissez-vous, écumantes,

Sous la tempête et le soleil,

O vagues toujours haletantes,

Vos nuits et vos jours sans sommeil?

La loi fatale, inexorable,

Qui vous force à toujours marcher,

Toujours baiser le même sable

Et miner le même rocher.

Alors, sentant votre puissance
Quand la révolte vous étreint,
Livrez-vous dans votre démence
Un combat contre le destin ?

Comme l'homme, être obscur qui passe,
Que l'obstacle irrite et grandit,
Que la douleur jamais ne lasse,
Car avec elle seule il vit ;

N'êtes-vous grandes et sublimes
Que parce qu'un fatal pouvoir
A mis les splendeurs sur vos cimes,
Et dans vos flancs le désespoir ?

Non !... venant des plages lointaines
Et de tous les points à la fois,
O mer ! ce sont les voix humaines
Qui se résument dans ta voix !

Dans un mugissement unique,
Tous les cris, toutes les clameurs,
Sont réunis dans ton cantique
Plein d'harmonie et plein de pleurs !

O mer ! la langue universelle
Tu la parles, et chacun sent,
Et pense, et rêve, et se rappelle,
Devant ton flot toujours mouvant !

Mais malgré mon intelligence,
Je ne saurai jamais pourquoi
Tu vis, te meus, colosse immense,
Et ne penses pas comme moi.

Je ne pourrai jamais connaître
Ton mystère, qui m'éblouit.....
Œuvres de Dieu qui vous pénètre?
Devant vous que l'homme est petit !

A MME ....

—

Quand vos rires d'hier sont à peine apaisés,
Sur votre front charmant passe une ombre indécise :
Votre tête est penchée et vos cils sont baissés.
        A quoi donc pensez-vous, marquise ?

De vos chimères d'or le prisme aurait-il·fui ?
Les chansons du printemps vous ont-elles lassée ?
Mieux que vos courtisans traitez-vous donc l'ennui
        Qui s'obstine en votre pensée ?

Il ne faut pas garder un hôte aussi fâcheux ;
Il est notre ennemi, car il vous rend muette ;·
Le temps n'est pas venu de voiler vos beaux yeux
        Et d'avoir la bouche discrète.

3.

Non, l'ombre ne peut pas assombrir dans son cours
La route préparée à vos faciles jours ;
Voyez, sous ce soleil qui fait les fleurs nouvelles,
Les oiseaux vont chanter leurs amours éternelles,
Baissent-ils vers la terre un regard attristé ?
Non ; tout leur dit, quand vient le soleil souhaité,
Que les prés vont verdir et que l'onde est plus douce,
Que pour faire leur nid ils auront de la mousse,
Que l'aquilon s'est tu, que le grain va germer,
Que le mois des fleurs vient, qu'il est le temps d'aimer !!
Oh ! faites donc comme eux ! chantez ! l'air est sonore
Voyez, autour de vous la brise de l'aurore
Souffle un tiède parfum sur nos cœurs enivrés ;
Et vous ne pleurez pas d'amour quand vous pleurez ?

Avez-vous donc, enfant, dans vos humeurs rebelles
Au caprice enchanteur déjà coupé les ailes,
Et parmi les muguets qu'autrefois vous aimiez,
Trouvez-vous plus le miel que vous y butiniez ?

Il est pourtant encor, dans les sillons qui germent,
Des épis à mûrir aux rayons de l'amour ;
Il est pourtant encore bien des cœurs qui renferment
Des trésors de bonheur prêts à paraître au jour ;

Il est pourtant encor, dans l'horizon qui s'ouvre,

Sous nos yeux éblouis à l'aube des vingt ans,

Bien des aspects charmants que l'espoir nous découvre ;

    Pourquoi donc ces vagues tourments ?

Oh ! je vous la dirai votre triste pensée.....

Ne connaît-on pas bien le mal que l'on ressent ?

La joie et le plaisir vous ont déjà lassée,

    Car vous pleurez l'amour absent !

Il accourt près de vous !..... levez votre paupière ;

Écoutez votre cœur, s'il vous parle tout bas ;

Mais si je n'ai pas su vous toucher et vous plaire,

    Marquise, ne l'écoutez pas.

Vous demandiez des vers, les voilà. — L'eau chemine

    Sans jamais savoir où.

J'ai mis pour vous complaire, à ma muse chagrine,

    La bride sur le cou ;

Mais comme l'onde elle a, dans sa course étourdie,

    Sans trop savoir pourquoi,

Entraîné tour à tour les fleurs de la prairie

    Et le sable après soi.

Depuis déjà longtemps cette amante fidèle,
>> Assise à mon chevet,
Dans mon obscur réduit ayant plié son aile,
>> Parfois me consolait ;
Pour sortir de son trou déjà toute tremblante,
>> Aussitôt qu'elle a su
Que dans son art aimé vous vous montriez savante,
>> Son esprit s'est perdu.....

Donc, si la pauvre est gauche, il faut qu'on lui pardonne ;
>> Pour se montrer elle ignorait,
Elle qui n'a jamais fait visite à personne,
>> La toilette qu'il lui fallait.

LES HEURES RÊVEUSES.

—

J'ai donc repris mon habitude,
Folle habitude où mon cœur vit,
J'ai repeuplé ma solitude
Du rêve aimé qui la remplit.

Charmantes heures envolées,
Vous revenez donc? ô bonheur !
Mais où donc étiez-vous allées,
Filles rêveuses de mon cœur?

Nous étions là-bas dans la brume,
Là-bas où le regard se perd,

Où le ruisseau devient écume,
Se brise et disparaît dans l'air.

Là-bas, au pays des chimères,
Ce doux pays d'où nous sortons,
Pays des chansons printanières,
Charmant pays où nous mourrons.

Là-bas, là-bas, loin de la foule,
Loin des hommes, loin des clameurs,
Sur les sommets où le flot coule
Dans le silence et sur des fleurs.

Pauvre rimeur, dont nos caresses
Ont souvent chassé le souci,
Vous avez encor vos tristesses,
Vous nous rappelez, nous voici.

Ma tristesse s'est effacée :
O douces heures, mes amours,
Près de mon cœur, dans ma pensée,
Douces heures, restez toujours ;

Car j'ai repris mon habitude,

Folle habitude où mon cœur vit,

J'ai repeuplé ma solitude

Du rêve aimé qui la remplit.

LE CHÊNE.

—

Il portait dans le ciel ses séniles rameaux,

La brise lui disait ses plaintes solitaires,

Et chaque verte branche avait un nid d'oiseaux ;

Son ombre avait caché mille amours éphémères,

Il portait dans le ciel ses séniles rameaux.

A ses pieds par l'hiver sa feuillée est flétrie ,

   Mais lorsque revient le printemps,

La feuille en pourrissant a ranimé sa vie,

Le rameau mort produit le rameau verdoyant.

Il a vu cent hivers venir blanchir sa tête,

   Cent jeunes printemps la fleurir, ·

Et cent nouveaux soleils rayonner sur son faîte,

   Voici son heure pour mourir.

Mais sa mort sera longue aussi bien que sa vie,
 Car plus la coupe où l'on a bu
Fut pleine, plus, hélas ! on y trouve de lie...
 O malheur d'avoir trop vécu !

Les frelons ont creusé sur sa tige élancée
 Pour leur ruche un nid bourdonnant ;
La longueur de ses jours vient d'être compensée
 Par la douleur et le tourment.

Il a vu bien longtemps l'orage sur son faîte
 En vain concentrer ses efforts,
Sa robuste nature a vaincu la tempête,
 Mais les frelons sont les plus forts !

Pour le frapper au front son chef trop haut s'étale,
 Et ses pieds dans leur profondeur
Sont fermes ; les frelons, plus forts que la rafale,
 Le tuent en le frappant au cœur.

Pauvre chêne ! au printemps tes branches desséchées
 Étaleront leurs maigres bras,
Le vent ne prendra plus sur tes cimes penchées
 Ses vifs et sonores ébats !

En d'immortelles lois la nature s'enchaîne,

    La feuille a nourri les rameaux ;

Ce gland vient de germer..., il faudra que le chêne

Au jeune arbre en mourant fasse des sucs nouveaux.

Et quand il sera mort, sa dépouille féconde

Viendra nourrir le gland tombé de son rameau ;

Dans un cercle éternel ainsi tourne le monde.

La vie a sa racine aux engrais du tombeau,

Et la mort reproduit ; sa dépouille est féconde.

SUR UN VOLUME D'ANDRÉ CHÉNIER.

Brune aux bras blancs, ô ma brune déesse,
Quand l'ennui, sur ton front charmant,
A regret posera son voile de tristesse,
De ce livre amoureux relis quelque doux chant.
« O délices d'amour, et toi, molle paresse,
« Auriez-vous donc usé mon oisive jeunesse ? »
Ou Mnazille, ou Lydé, dont le désir brûlant
Aux douceurs de l'amour initie un enfant ;
Ou, lorsque tu voudras devenir infidèle,
Vois de quelles douleurs fut cause une autre belle ;
Et si tu sens le deuil d'un cœur abandonné,
Souviens-toi de celui qui te l'avait donné.

L'AUTOMNE.

Ami, le vin nouveau ne déplaît pas au sage ;
De la cuve écumante où bout le doux breuvage
S'envole le gai rire, ennemi du chagrin,
Et le broc, en coulant, chante un joyeux refrain.

A côté, le pressoir étend en rouges nappes
Les grains bruns écrasés au sein des vertes grappes,
Et la liqueur, mêlée aux pepins tout meurtris,
Fuit et semble en tombant pleurer sur ces débris.

Toute production naît de la même base ;
Le vin sort du raisin, parce que l'on l'écrase,
Et l'homme ne sort rien de la tête et du cœur,
Avant qu'ils n'aient été broyés par la douleur.

Mais la cuve a rempli d'une haleine lascive
Les chais ; ami, quittons cette chanson plaintive,
Ma muse est avinée, et, le thyrse à la main,
Avec les vendangeurs chante un joyeux refrain :

Evohé ! quand Vénus la blonde
Un beau matin sortit de l'onde,
Au lieu de lait elle voulut
Du vin tiré d'un nouveau fût.

Et c'est depuis lors qu'il enivre ;
L'amour sans lui ne peut pas vivre,
Et tous les deux, l'Amour, le Vin,
Font l'esprit jeune et le cœur plein.

Vénus trompe, le vin oublie,
Il tue ou donne la folie.
Evohé ! buvons ! car Bacchus
Triomphe ou se rit de Vénus.

Ami, ce vin nouveau fait dire mille choses
Qui vont me faire tort près des esprits moroses,
Et je ne sais, ayant mon esprit à l'envers,
Comment j'ai pu rimer ces douze mauvais vers.

C'est qu'à l'automne, hélas ! quand tout meurt et tout change,

On sent autour de soi quelque chose d'étrange,

Et qu'arrivé trop tôt à l'automne des ans,

Mon esprit quelquefois veut revoir son printemps ;

Veut revoir ces beaux jours pleins d'amour et d'ivresse,

Où dans l'âme chantaient l'espoir et la jeunesse,

Où le vin qu'on buvait était trouvé meilleur,

Parce qu'il enivrait la tête avec le cœur !

Ami, le vin nouveau ne déplaît pas au sage ;

De la cuve écumante où bout le doux breuvage

S'envole le gai rire, ennemi du chagrin,

Et le broc, en coulant, chante un joyeux refrain.

LE CARACTÈRE.

A M. T.

—

Dans ce grand siècle où la lumière
Vient éclairer tous les esprits,
Pourquoi le sage à l'œil austère
Voit-il les hommes si petits ?

C'est qu'il ne suffit pas, dans le siècle où nous sommes,
D'avoir le front plus haut que le reste des hommes
Et d'avoir agrandi son esprit au milieu
Du souffle du progrès qui passe en chaque lieu ;
Non, il ne suffit pas, dans la grande mêlée,
Où toute intelligence est sans cesse appelée,
D'apporter le savoir pour mériter l'honneur !
Car aujourd'hui l'esprit est suzerain du cœur,

Et le cœur se trouvant réduit au second rôle,

La valeur de l'or pur est réduite à l'obole !

Pourtant si la pensée un moment s'arrêtait

Sur l'homme tel qu'il est et sur ce qu'il était,

Lorsqu'enfant, tout épris d'incessantes tendresses,

Sa grâce et sa beauté viennent de ses caresses,

Et que la langue d'or que parle son esprit

Procure tant de charme à tous les mots qu'il dit ;

Oh ! si nous voulions voir la force qu'a l'enfance

En prenant dans le cœur sa naïve puissance,

Bientôt nous comprendrions que pour que l'on soit grand,

Il faut l'esprit d'un homme et le cœur d'un enfant !

    Mais l'union que la loi naturelle,

    En l'homme seul créa pour l'ennoblir,

    Qui le rend fort, respectable comme elle,

    Cette union ne peut se maintenir ;

    Car elle pèse à l'humaine misère,

    En exigeant un effort soutenu ,

    Et ce qu'on a nommé le Caractère

    Est la patience de la vertu.

Et notre intelligence, impatiente et folle ,

Conduisant au hasard notre tête frivole,

Sans règle et sans soutien, aveugle en son ardeur,

Par ce divorce perd son pouvoir producteur.

C'est l'oubli du devoir qui fait cette débauche

Qui, lorsque la moisson n'est pas mûre, la fauche ;

Et comme un laboureur de jouir trop hâté,

Qui demande au printemps la récolte d'été,

Par son impatience outrage la nature,

Rend le germe fécond matière à pourriture ;

Ainsi l'homme qui veut, par son esprit poussé,

Récolter dans son champ à peine ensemencé,

Met le trouble en sa vie et, la rendant stérile,

Perd son intelligence et rend son âme vile.

Oh ! combien est meilleur, et combien est plus fort

Celui qui met son cœur et son esprit d'accord ;

Qui, calme, sait attendre, et sûr de la justice,

Marche d'un pas égal et ferme dans la lice,

Que la force ou l'erreur ne détournent jamais,

Qui sourit aux beaux jours ainsi qu'aux jours mauvais,

Et qui, n'éprouvant pas la faiblesse commune,

Quand le bonheur l'a fui, grandissant l'infortune,

Domine par sa chute, et montre la grandeur

De notre intelligence unie à notre cœur.

Mais ce spectacle est rare, et le siècle où nous sommes
Fait voir, hélas ! combien sont faibles tous les hommes.
Car bien loin qu'au torrent on veuille résister,
Par le flot turbulent on se laisse emporter.
Aussi celui qui, plein d'un patient courage,
Loin de suivre le flot, a suivi le rivage,
Qui, dans son action et dans sa volonté,
Par sa tête et son cœur a mis de l'unité,
Celui-là seul est grand, digne qu'on le vénère ;
Il est prééminent ; il a du caractère.

    Mais les hommes sont bien petits,
    Sous le regard du sage austère,
    Dans ce grand siècle où la lumière
    Vient éclaircir tous les esprits.

ÉVANGILE.

—

« En ce temps-là Jésus disait à ses apôtres :

« Heureux qui compatit aux misères des autres !

« Heureux celui qui pleure, il sera soulagé,

« Car le poids du malheur est toujours allégé !

« Heureux ceux dont l'esprit, voilé par l'innocence,

« Est pauvre, car le Ciel sera leur récompense.

« Heureux ceux qui sont doux, ceux dont le cœur est pur !

« Celui qui pardonna du pardon sera sûr.

« Heureux ceux que la soif de la justice altère,

« Ils seront apaisés par l'amour de mon père.

« Ceux qui veulent la paix sont les enfants de Dieu !

« Et bienheureux seront ceux qui, faisant aveu

« De mon nom, montreront croyance à ma parole. »

· — La parole du Christ fortifie et console.

REGRETS.

—

Je ne trouverai plus les rêves de l'enfance
    Et mes pensers naïfs,
Quand mon âme épanchait sa douce insouciance
    En rires fugitifs.

Je ne trouverai plus ces châteaux en Espagne,
    Qu'architecte joyeux
Mon esprit inventeur, en battant la campagne,
    Bâtissait dans ses jeux.

Je ne trouverai plus ces plaisirs sans nuage,
    Ces bonheurs d'un instant,
Dont je berçais encor les charmantes images,
    Le soir en m'endormant.

Je ne trouverai plus ni ce regard limpide,
    Ni ce calme ignorant,
Ni ce rapide oubli quand un souci timide
    Effarouchait l'enfant.

Fuyez bien loin de moi, souvenance chérie !
    L'enfance a disparu !
Et le regret, voyant ma pauvre âme attendrie,
    Est bien vite accouru.

Ainsi le souvenir est rempli de tristesse :
    Tout produit la douleur ;
Qu'on regrette ou souhaite, il surgira sans cesse
    Un souci pour le cœur.

Pour trouver le bonheur toujours l'on élabore,
    Et quand l'homme empressé
A cru l'atteindre enfin..... il le voit fuir encore
    Vers l'avenir ou le passé,

Car Dieu ne l'a pas fait pour l'humaine misère ;
    Dans le sentier tracé
On court avec ardeur..... et le bonheur derrière
    Se lève après qu'on a passé.

Et le temps, sans souci des heures regrettées,

    Sans souci de nos pleurs,

Marche vers l'avenir sur ses ailes hâtées,

    En nous montrant des jours meilleurs ;

Mais de ces jours promis l'auréole éclipsée

    Disparaît à nos yeux,

Et l'on ne revient plus sur la trace effacée

    Qu'imprimèrent des pas heureux.

SUR L'ALBUM DE Mme ***.

—

L'autre jour l'Amour se mirait,

A ses grâces il souriait;

Il se trouvait charmant, et son aile volage

Frémissait de contentement;

Mais vous passiez en ce moment,

La glace rendit votre image,

Vos grands cheveux et votre œil noir :

L'Amour alors, saisi de rage,

De dépit brisa le miroir...

LE DROIT DOMESTIQUE.

—

Franchis du pied le seuil, laisse là ton bâton,
Et sois bienvenu, bien que j'ignore ton nom.
Prends ta place au plus haut de la table; j'honore
Mon hôte, quel qu'il soit. Si ton âme déplore
L'injuste exil, mon toit est ouvert aux bannis,
Et tous les exilés sont mes plus chers amis.
Rafraîchis-toi, sommeille à ton aise, dispose
De tout ce qui te plaît; mais je veux une chose :
Respecte notre foi, nos mœurs, le vieil esprit,
Le droit sacré de la maison qui t'accueillit.

A MONSIEUR J. R.,

—

Lorsque le souvenir de vos·vers se réveille,
Il résonne en mon cœur où leur souffle a passé,
Comme les sons vibrants de l'airain que l'oreille
    Entend après qu'ils ont cessé.

Et rien n'effacera la trace harmonieuse,
Le trait pur que ces vers dans mon âme ont laissé;
On voit encor du jour la trace lumineuse
    Quand le soleil est éclipsé.

Homme heureux! vous avez encor votre jeunesse!
Des chimères, peut-être! encore vos vingt ans!
Encore l'œil humide, encor votre tendresse,
    Jeune poëte aux cheveux blancs!

C'est que vous êtes né dans la noble Épopée,

Aux rayons du soleil qui fit un demi-dieu ;

Et tous ceux qu'a bercés la grande Mélopée

Sont restés purs comme le feu !

Ils sont jeunes encore les fils de la merveille !

Si l'éclair du passé paraît à l'horizon,

L'ardeur qui sommeillait dans leur âme s'éveille,

Et la séve remonte au front.

Car le sol était vierge à cette heure immortelle !

Les rayons du soleil étaient plus chaleureux ;

Il pénétra vos cœurs d'une ardente étincelle

Qui ne réchauffe plus nos cieux.

Il fait froid maintenant... Il n'est plus de lumière !

Notre jeunesse courbe un front décoloré,

Comme ce fruit hâtif éclos dans une serre,

Que le soleil n'a pas doré.

Rien de grand ne palpite en notre esprit ! A peine

Bégayons-nous encore un chant de liberté;

L'écho qui le redit a perdu son haleine,

Les vents du nord l'ont emporté !

O douleur ! nous avons les soucis du grand âge !

La saison du printemps ne produit plus de fleurs !

Ce n'est pas être heureux, ce n'est pas être sage !

    Oh ! combien vous étiez meilleurs !

Vous aimiez des amours la passagère ivresse,

Et le rire lascif, ce père de l'oubli,

Et les chants qu'inspirait quelque brune maîtresse,

    Et le vin qui chasse l'ennui.

Et les gais compagnons de vos nuits d'insomnie,

Rentraient au petit jour au paternel foyer,

En murmurant encor quelque rime étourdie,

    Éclose au milieu d'un souper.

Et quand le mois de mai rend la nuit moins joyeuse,

Fait le gazon plus doux que les blancs oreillers,

Vous aimiez boire frais avec votre amoureuse

    Sous les arbres hospitaliers.

Les ailes de l'amour vous couvraient de leur ombre ;

Bel âge, où tous les jours sont doux comme le miel !

L'œil ne regarde pas si l'horizon est sombre,

    Il ne voit que l'azur du ciel.

Bel âge !... vous aviez l'œil vif, la mine fière,

La parole sonore, un grand air belliqueux ;

Notre nouvelle langue est sombre et délétère,

    Et notre œil est terne et fiévreux.

Notre air est languissant ! au milieu des orages

Nous avons vu le jour dans des champs épuisés,

Et notre ciel, hélas ! est rempli de nuages

    Que rien encor n'a dispersés.

Dieu nous a réservés pour l'œuvre expiatoire,

Un esprit inconnu frémit dans notre sein,

Et peut-être qu'un jour l'urne lacrymatoire

    Doit se briser sous notre main.

Peut-être !... je le sens aux rêves de mon âme,

Le germe est déposé pour un enfantement,

Et que nous éprouvons ces douleurs que la femme

    Ressent toujours en concevant.

Un nouveau jour luira ! nos douleurs le préparent !

Comme des pèlerins perdus dans le désert,

Nos désirs hasardeux dans l'avenir s'égarent,

    Et nous cheminons sous l'éclair.

Oh ! ne nous suivez pas, père, sur cette route,

Restez sur votre seuil avec vos souvenirs ;

Nos esprits sont chagrins, nos cœurs remplis de doute,

Conservez vos charmants loisirs.

Et les Muses, qu'ainsi vous mêlez à vos fêtes,

Se plairont à tresser sur votre noble front

Les lauriers immortels amants des grands poëtes,

Et les roses d'Anacréon.

1849.

LES PLAINTES DE JOB.

—

Oh ! maudit soit le jour où l'on dit à ma mère :
Femme, soyez heureuse, un enfant vous est né !
Que ce jour ne soit pas éclairé de lumière
Et qu'il soit obscurci comme un jour condamné !

Contempteurs de la vie, en votre plainte amère,
Oh ! maudissez ce jour ! le sein qui m'a porté,
A peine ai-je vécu, devait rendre à la terre
Ce qu'il avait conçu comme un fruit avorté.

Maintenant reposant dans mon sommeil tranquille,
Dormant dans le silence avec l'éternité,
Je ne souhaiterai plus dans ma peine stérile,
Que Dieu me retirât le temps qu'il m'a compté.

L'homme né de la femme est rempli de misère,
Il vit très-peu de temps. Il est entre vos mains,
Dieu juste et tout-puissant! Heureuse la poussière
Que vous foulez aux pieds dans vos sentiers divins.

L'ORAGE.

Quand les eaux tombent goutte à goutte
Parmi les feuilles des grands bois,
Mon cœur se resserre et j'écoute
L'étrange accord que fait leur voix.

Sous cette confuse harmonie,
Sous ce ciel froid et nébuleux,
Doucement la mélancolie
Étend son voile sur mes yeux.

Et dans le calme reposée,
Mon âme semble s'engourdir;
La clarté fuit de ma pensée
Et je ne fais plus que sentir.

Tout m'apparaît vague et sans forme,
Je regarde et je ne vois pas,
J'entends un murmure uniforme
De bruits qui chuchotent tout bas.

Tout à coup un frisson immense
Parcourt les branches des sapins,
Leur grande cime se balance
Sous mille souffles incertains.

Bientôt l'orage et la tempête
Suivent ce frisson précurseur,
Dans la nature tout s'arrête...
La vie universelle a peur !...

Les voilà ! les voilà ! La nue
Déchire ses flancs comprimés,
Bondit et sanglote éperdue
Dans mille sillons enflammés.

La foudre hurle sans relâche ,
Les hauts sapins sous ses fureurs
S'abattent, comme sous la hache,
En brisant l'air de leurs clameurs.....

Oh ! si l'immuable nature,
Quoiqu'immortelle, comme nous
A ses douleurs et sa torture,
Hommes, pourquoi vous plaignez-vous ?

Vos pas ainsi que ma pensée,
Dans ces grands bois calmes d'abord,
Sont indécis, et reposée
Dans le vague votre âme dort.

Heureux par cette quiétude,
Croyant le malheur à l'écart,
Dans une douce incertitude
Votre esprit flotte à tout hasard ;

Tout à coup dans votre retraite
Quelque malheur inattendu
S'abat, ainsi que la tempête,
Et votre bonheur est perdu !...

Mais si, certaine de sa perte,
Et sans armes autour de soi,
Une création inerte
Subit cette fatale loi.

Vous avez, vous, la prévoyance,

La tempête peut éclater,

Vous avez dans l'intelligence

La force pour lui résister.

Vous êtes rois ; et si l'orage

Vous frappa d'un coup destructeur,

Vous effacerez son ravage

Avec la raison ou le cœur...

Et c'est ainsi que je médite,

Que je m'élève, quand je voi

Que rien dans l'univers n'évite

Le mal qui peut fondre sur moi.

AUX ILLUSIONS.

—

Dieu, de qui tout descend, Dieu fit les jours prospères,
Il étendit la main sur le front des heureux ;
Sur les yeux du malheur il laissa les chimères
    Tendre leur voile vaporeux.

Bercez de vos refrains, ô nos vieilles nourrices,
Dans les heures d'ennui nos esprits attristés,
Car il n'est pas de cœurs qu'en vos riants caprices,
Dans les jours de douleur, vous n'ayez abrités.

Il n'est pas un regret, il n'est pas une larme,
Que n'aient pas effacés vos refrains d'avenir.
Nos joies et nos amours ! ils vous ont dû leur charme,
Et vous protégerez encor leur souvenir.

Quand les illusions amies,

Et chéries,

Viennent refaire auprès de nous

Les yeux doux;

Il est plus d'une âme inquiète

Qui s'arrête,

Relevant un front soucieux

Vers les cieux :

Et tout est beau dans la nature,

La verdure,

L'eau qui chante dans les ruisseaux,

Les oiseaux :

Nous aimons les filles craintives

Et naïves,

Ombrageant de leurs cils soyeux

Leurs beaux yeux;

Ou bien quelqu'indolente blonde

Qui s'inonde

De pleurs d'amour, de longs soupirs,

De désirs ;

Ou de quelque brune fillette,

Toujours prête,

On moissonne en un gai repas

Les appas.....

Ainsi doit s'écouler la vie,

En folie,

Ainsi rêver est le bonheur

Pour mon cœur !

Et ce que le temps sur son aile,

Si rebelle,

Doit emporter de nos amours,

De nos jours ;

Et ce qu'on rêve en sa jeunesse

De liesse ;

Tout sourit à nos sens épris

Et surpris,

Quand les illusions amies,

Et chéries,

Viennent refaire auprès de nous

Les yeux doux.

A M. DE LAMARTINE,

QUI N'AVAIT PAS ÉTÉ RÉÉLU REPRÉSENTANT DU PEUPLE

AUX ÉLECTIONS GÉNÉRALES DU 13 MAI 1849.

—

Non tu n'es pas tombé ! malgré l'ingratitude,
Ton nom domine encor les hauteurs de ce temps,
Comme ces monts lointains qui dans la solitude
Sous les ombres du soir nous paraissent plus grands.

Laisse le flot passer ! tu connais la tempête,
Les lauriers de ton front ont détourné l'éclair !
Dédaigne les tourments de la vague inquiète,
Toi qui ne pus pas être emporté par la mer.

Et que t'importe, à toi, que l'écume soulève
Quelques bâtons flottants jouets des flots troublés ?
Le phare lumineux qui brille sur la grève
Domine l'Océan qui mugit à ses pieds.

O poëte ! ô grand cœur ! Les cordes de ta lyre
Aux souffles incertains d'un lointain avenir
S'agitaient autrefois, préludant au martyr,
Car Dieu ne t'avait fait si grand que pour souffrir.

De toutes les douleurs tu sentis la blessure ;
Tous les soupirs humains ont passé par ta voix,
Et l'on devait un jour, pour combler la mesure,
Rendre l'ingratitude aussi grande que toi !

Oui, tu devais pousser le cri de délivrance,
Esclave fatigué par le poids de tes fers !
Oui, tu devais pousser le cri de l'espérance,
Noble esprit, éprouvé par d'immenses revers !

Et nous avons ainsi, nous tous, les fils du doute,
Aux rêves de ta foi livré notre destin ;
Car toi seul pouvais dire où conduisait la route,
La route où s'égarait le monde pèlerin.

Les hommes étaient las ! dans cette ère féconde,
Ils avaient vu l'esprit à tout hasard bondir,
Et le souffle de Dieu répandu sur le monde
Embraser la moisson au lieu de la mûrir.

Ils ployaient sous l'effort ! Dieu laissait la lumière
S'éteindre en ce foyer où le doute brûlait...
Mais toi, tu recueillis, au fond du sanctuaire,
Quelques rayons du ciel quand l'ombre se faisait.

Aussi lorsque la nuit arriva, l'auréole
Qui brillait sur ton front, conservateur du feu,
Éclaira l'univers dont tu devins l'idole :
Il t'avait reconnu marqué du sceau de Dieu !

Et tu fus son sauveur ! quand tout était en poudre,
Esprit révélateur au milieu du chaos,
Tu dis le mot sacré qui conjura la foudre,
Et t'écrias : Qu'il soit fait un monde nouveau !

Et le monde nouveau fut fait à ton image :
Plein de foi, plein d'amour, et sous un jour plus beau
Chantant la charité, l'espoir dans un autre âge...
La tête dans les cieux, les pieds sur un tombeau.

Pendant quelques soleils tu marchas dans ta gloire,
Et le pâle troupeau des hommes te suivait...
Pendant quelques soleils on garda ta mémoire,
Quelques soleils de plus, le peuple t'oubliait...

Et tu devais subir cette épreuve cruelle,

Car l'immortalité sous tes pas s'allumait.

Avant de révéler sa nature immortelle,

Le Christ fut renié par tous ceux qu'il aimait,

Ainsi fut renié ton nom ! les faux prophètes

Ont irrité la foule avec des mots trompeurs,

Et nul ne retient plus, sur leurs bouches muettes,

La parole des fous et des blasphémateurs ;

Maintenant ils sont rois de ton vaste domaine !

Pourquoi sont-ils venus ? Demande à l'aquilon,

Lorsque sous ses fureurs l'épi jonche la plaine,

Pourquoi Dieu lui permet d'abattre la moisson ?

Ils soulèvent les flots de la misère humaine ;

Ils adorent le mal, et, desservants hideux,

Ils ont dressé l'autel où l'encens de la haine

Enivre l'ignorant de son parfum fiévreux.

Le temple retentit de leurs clameurs athées ;

Ils ont voulu tenter la colère de Dieu !

Et ce peuple de nains, singeant les Prométhées,

Escalade le ciel pour dérober le feu !

Dieu le permet, courbons la tête ! la lumière
Éclaire mieux dans l'ombre, et tu la conservas ;
Elle nous prêtera son éclat tutélaire,
Dans cette nuit qu'ils font, pour diriger nos pas.

Oui, tu seras encor le pilote et le guide,
Toi qui puisas ta force aux sources de ton cœur !
Le champ que tu semas n'est pas encore aride ;
Pour qu'il produise, il faut quelques jours de fraîcheur,

Quelques jours d'un ciel pur, où l'âme reposée
Chasse le souvenir de ses chagrins passés,
Et, souriant aux flots de la mer apaisée,
Trouve plus de douceur aux rêves délaissés,

A ces rêves qu'on fait lorsque l'esprit s'élève
Pour détruire le mal et produire le bien ;
Ces rêves de l'esprit que le cœur seul achève
Et dont tu trouveras les échos dans le tien,

Grand cœur ! Est-ce qu'ils ont voulu pour notre honte
Te traiter en vaincu ? l'ont-ils pu concevoir ?
Un homme comme toi ne descend pas, il monte
Si haut, que l'œil troublé ne peut l'apercevoir.

Mais la France comprend qu'elle a terni sa gloire,

En oubliant le nom de son plus noble enfant,

Et je vois approcher le jour expiatoire

Où tu devras sortir de ton isolement ;

Car tu n'es pas tombé ! Malgré l'ingratitude,

Ton nom domine encor les hauteurs de ce temps,

Comme ces monts lointains qui, dans la solitude,

Sous les ombres du soir nous paraissent plus grands.

Mai 1849.

POVERA.

—

Vos longs cils, Povera, sont emperlés de larmes ;
A seize ans vous pleurez ! que sera-ce bientôt,
Lorsque le temps cruel aura détruit vos charmes
Et que le souvenir sera seul votre lot ?

Je ne sais, je ne sais, mais tout, l'oiseau qui chante,
Le suave parfum des fleurs, tout me tourmente,
Et sentant malgré moi mon cœur se resserrer,
Dans ce vague tourment il m'est doux de pleurer.
Sous les ormes ombreux la feuille qui murmure,
Et ce frémissement de toute la nature,
Et toutes ces fraîcheurs qui viennent l'abreuver
Au printemps, ô mon Dieu ! que cela fait rêver !

Quelle langueur on prend au calice des roses,
Et quel souffle enivrant répandent toutes choses,
Et quel bonheur de vivre à la clarté des cieux !
Povera, mon enfant, essuyez donc vos yeux !

Vous ignorez qui parle à votre âme attendrie :
C'est l'amour ! c'est l'amour ! retenez ce soupir,
Car, comme la sibylle en ses transports, ma mie,
Vos pleurs ont témoigné que le Dieu va venir.

MONOLOGUE.

Hier après avoir longtemps fait sa prière :
Mon fils, quel est ton mal? m'a demandé ma mère ;
Mon fils, quel est ton mal?... Ce mal n'est pas nommé.
Dans un souci sans nom mon cœur est abîmé ;
Par le calme des nuits mon esprit qui s'agite
S'enflamme aux battements de ce cœur qui s'irrite.
Quel progrès de Werther à moi ! C'est plus profond
Et plus sombre à la fois ; ce mal n'a pas de nom.
Cela vient de l'orgueil et du désir ; mes larmes
Sont filles de l'esprit, elles n'ont pas ces charmes,
Ces charmes langoureux qui soulagent le cœur,
Elles n'apaisent pas le mal intérieur.
Sorti de l'ombre un jour aux éclats du tonnerre,
Comme l'oiseau des nuits, l'éclat de la lumière

M'aveugla ; parmi ceux qui m'ont tendu la main,

Nul encore n'a su m'indiquer mon chemin !

Terrible nouveauté ! l'intelligence entière ,

Après avoir grandi, se plaît dans la matière,

Et tout ce qui jadis l'élevait, méprisé,

Au rang de l'inutile est maintenant passé.

Werther, René, rêveurs, amoureux et poëtes,

Que font à nos esprits vos âmes inquiètes ?

Que voulez-vous ? l'écho que vous aviez frappé

Se trouve maintenant d'un mur enveloppé ;

Nous ne connaissons plus vos douleurs, et les nôtres

Cherchent encore un mot qui les dépeigne aux autres.

Ce qui vous a fait vivre et qui vous inspira,

L'amour n'existe plus... Qui le remplacera ?

Oui, mère, je suis triste ! aux heures où nous sommes

Le sourire n'est plus sur les lèvres des hommes.

Tout ce qui nous tentait autrefois n'est plus rien,

Car aujourd'hui l'esprit a des ailes d'airain.....

Oh ! j'ai le mal du siècle, et c'est un mal horrible,

C'est du plaisir grossier la soif inextinguible,

Le besoin de jouir au plus vite , qui fait

Que d'abord l'on envie et qu'ensuite l'on hait,

Parce qu'on ne peut pas, au gré de son caprice,

Épuiser comme on veut le sein de la nourrice...

Aussi tout est troublé dans l'âme et dans le cœur,

L'une s'abaisse et l'autre a perdu sa grandeur !

Où nous conduisez-vous, vieillards, devenus sages,

Vous qui blâmez toujours les jeunesses volages ?

Il n'est plus de jeunesse, il n'est plus de gaieté,

On n'a plus dix-huit ans, plus de virginité ;

De nos illusions les sources sont taries,

Vous avez fustigé les chastes poésies,

Et puis les exposant à la réalité,

D'un cynique regard flétri leur nudité !

Eh bien ! que voulez-vous donc que vos fils deviennent ?...

Oh ! vous ne savez pas où vos chemins amènent ;

Oh ! vous ne savez pas de quel cancer hâtif

Se gangrène le cœur épris du positif !

Car voilà le grand mot ! pardonne au barbarisme,

Muse ! il faut prononcer ce mot, positivisme !

Ce mot dit tout, fait tout à présent, ô vertu !

Vieille erreur des humains, ton règne a disparu ;

Tu n'as plus de pouvoirs, ô pauvre délaissée !

A lutter sans succès ta force s'est lassée,

Tu n'as plus de respects ! car, hélas ! de quoi sert

Ce morceau de laurier dont ton front est couvert ?

Dans les vêtements d'or seuls réside la gloire,

Et le vœu de Midas n'est plus expiatoire.

Qu'allons-nous devenir ? Nous avons tout perdu,

Aux lèvres du veau d'or le monde est suspendu !...

O muse ! qui naquis dans les forêts brumeuses,

Muse des tristes cœurs et des âmes rêveuses,

Voilà pourquoi ton front est couvert de pâleur

Et ton sein blanc gonflé des sanglots de ton cœur !

Quel deuil autour de toi ! quel désespoir ! Déesse,

Ils sont abandonnés les sommets du Permesse !

Et le vent dévorant qui hurle dans les airs

Jette tes chants plaintifs aux échos des déserts !

Car à rien maintenant, ô Muse, tu n'es bonne,

Enfant perdu, réduite à demander l'aumône,

Traînant ta pauvreté de maison en maison,

Personne n'ose plus écouter ta chanson,

Et les femmes, avec leur jeunesse et leurs grâces,

D'un sourire moqueur t'accueillent quand tu passes.

Eh bien ! viens sous mon toit, ô fille de l'esprit,

Ma table est pauvre, hélas ! et mon toit est petit,

Tu n'y trouveras pas cette splendeur dorée

Dont jusques à présent on t'avait entourée,

Mais je t'y donnerai tant d'amour, tant de soins,

Loin du bruit de la vie et d'insolents témoins,

Je t'entourerai tant de muettes tendresses,

Qu'un jour tu répondras peut-être à mes caresses,

Et qu'au son de ton luth, ranimé sous ta main,

Je sentirai s'enfuir la douleur qui m'étreint...

Alors peut-être, alors, d'une plume brûlante

Je pourrai définir le mal qui nous tourmente,

Tandis que maintenant mon esprit plein d'ennui

Dit mon tourment, en mots aussi vagues que lui.

INKERMANN.

Trois heures de combat un contre dix ! Sois fière
De tes braves enfants, vieille et noble Angleterre !...
Leurs rangs s'éclaircissaient ; ils voyaient sans broncher
Les Huns, malgré la mort, toujours se rapprocher,
Car toujours l'avalanche, incessamment poussée
Par ceux qui la suivaient, sur eux étant lancée,
Avançait, reculait sous leurs terribles coups.
Ainsi le roc battu par la vague en courroux
Résiste, et si le flot irrité s'accumule,
Il le brise, et la mer en rugissant recule ;
Mais le flot ennemi, furieux et sanglant,
Sans cesse revenait battre le roc vivant.
Le roc restait debout ; entamé pierre à pierre,
Il repoussait toujours la vague meurtrière,

Immobile au milieu de ses nobles débris !

Les Huns poussaient autour d'épouvantables cris,

Cris rauques que faisait naître la convoitise,

Cris de chacals auxquels une proie est promise !

« Vous pillerez ! disaient leurs chefs : chacun sa part ! »

Oui ; mais qui donc vaincra l'aigle et le léopard ?

Bravo ! bravo ! Courage, Anglais ! Voici la France !

En avant ! En avant ! Voici votre vengeance !

Et comme un javelot qui, longtemps balancé

Au bras qui le retient avant d'être lancé,

A centuplé sa force, et d'un élan terrible,

Part, vole, et sur le but s'abat irrésistible,

Ainsi sur l'ennemi trois heures arrêté,

Le javelot humain des Français fut jeté !

Hurrah ! crie à son tour l'héroïque phalange ;

En avant ! en avant ! et que chacun se venge !

Terrifié le Hun fuit... La victoire est à vous,

Frères, votre valeur nous a préservés tous !

On dit que l'on a vu, pendant cette bataille,

Parmi vous, étonnée au bruit de la mitraille,

Une ombre qui parlait tout bas à vos mourants,

Soutenait les blessés, inspirait les vivants ;

Cette ombre quelquefois s'élançait en furie

Hors des rangs, et fondait sur la troupe ennemie,

Autour d'elle semant la peur et le trépas...

O héros d'Inkermann !... C'était Léonidas !...

Les trois cents étaient là protégeant les huit mille !

Ils étaient venus voir si, dans ce Thermopyle,

Les hommes d'aujourd'hui seraient aussi grands qu'eux ;

Ils étaient là, planant sur l'horizon brumeux,

Attentifs au combat, certains que leur mémoire

Ne s'effacerait pas devant une autre gloire,

Mais ainsi qu'il convient à tout noble et grand cœur,

Soufflant dans leurs rivaux leur antique valeur...

Et lorsque tout à coup l'avalanche arrètée,

Par un suprème effort à son tour rejetée,

O frères ! de martyrs vous fit victorieux,

Ils ont pâli de voir les Anglais plus grands qu'eux.

Novembre 1854.

LES RÊVEURS.

Il en est quelques-uns qui passent dans la vie
Sans que jamais la boue ait sali leurs pieds nus
Et qui, vivant selon leur douce fantaisie,
Du monde indifférent demeurent inconnus.

Ils passent en chantant ; la passion les mène
Dans les sentiers obscurs où la raison se perd ;
Ils ne produisent rien ; le rêve les entraîne
Et la réalité périrait dans leur air.

Ils aiment l'idéal, tout ce qui nous élève,
L'art, tout ce qui nous vient de l'esprit et du cœur,
Et tout ce que produit cette divine séve
Qui fait l'homme plus grand, en le rendant meilleur.

Ils aiment la nature et ceux qui la traduisent,

Ils aiment la beauté, car elle vient des Cieux ;

Ils aiment la splendeur et ce que les fleurs disent,

Et ce qui parle à l'âme en se montrant aux yeux.

Si vous leur demandez à quoi leur sert la vie,

Et si leur temps s'emploie à quelque utilité,

Et quelle ambition est par eux poursuivie,

Ils diront : Laissez-nous dans notre obscurité ;

Laissez-nous vivre en paix, loin du monde et des choses

Qui font ramper l'esprit et font mourir le cœur ;

Laissez-nous vivre avec les pensées écloses

Au sein des libertés qui font notre bonheur.

Laissez-nous, laissez-nous penser, rêver ! qu'importe

Que le germe divin ne montre pas son fruit ?

Nous le sentons en nous, chacun de nous le porte ;

Il nous paraît plus beau quand dans l'ombre il fleurit.

Nous trouvons notre joie à chercher dans le livre,

Qui sous notre œil pensif à chaque instant s'emplit,

La ligne qu'y fait l'homme et ce qui le fait vivre,

Ce que son âme pense et que rend son esprit.

Et voyant combien sont tristes et désunies

Les pages où s'écrit notre commun destin,

Dans quelle abjection passent toutes ces vies,

Que la Règle et l'Utile ont soumis à leur frein ;

Nous revenons alors jouir dans le silence

De tout ce que le cœur et l'esprit ont donné

A ceux qui vivent d'eux, et notre insouciance

Nous endort dans le ciel où nous avons plané.

Ne vous étonnez pas si dans notre conduite

Vous voyez des écarts qui ne sont pas compris,

Et si nous gaspillons, au hasard et sans suite,

La force de nos cœurs, celle de nos esprits ;

Nous cherchons, nous sentons ! la vie est centuplée

Dans le cercle enivrant que notre esprit parcourt,

Car des plaisirs du cœur sans cesse elle est peuplée,

Et nous vivons cent ans quand vous vivez un jour.

Ce que vous poursuivez dans une course ardente

Nous l'avons ; nous aimons ! notre âme à tous instants

Fond quelque volupté sous sa lave brûlante,

Et ressentant l'amour, nous nous trouvons plus grands.

9

Car on l'a dit souvent, il faut toujours le dire,
La passion, l'amour, c'est par eux que l'on vit,
C'est par eux qu'on s'élève et pour eux qu'on aspire
A ces triomphes vains que sans cesse on poursuit.

Nous avons tout cela loin des routes frayées,
En menant notre vie à travers des buissons
Dont les ronces font fuir vos pudeurs effrayées ;
Car vous n'y voyez pas les fruits que nous cueillons.

Aveugles qui croyez vivre en pleine lumière,
En abaissant la tête et comprimant le cœur !
A quel but marchez-vous par la route ordinaire ?
J'aime, je rêve et sens : qui de nous est meilleur ?

Qui de nous est meilleur, si Dieu créa notre âme
Pour comprendre et chercher et pour nous *animer?*
Animer ! le mot dit c'est l'esprit, c'est la flamme !
Et c'est la cendre, hélas ! quand on ne peut aimer ;

Quand on ne peut aimer l'art et ses fantaisies,
La forme, la beauté, traduites par sa main,
Et l'idéal avec toutes ses harmonies,
Qui fait de chaque chose un spectacle divin ;

Quand on ne peut aimer l'amour et son ivresse,

Les chansons du printemps, alors même qu'il fuit,

Quand on ne peut aimer cette douce paresse

Qui repose le corps et travaille l'esprit.

Qui donc est le meilleur des inconnus qui rêvent,

Obéissent à l'âme immortelle, ou de ceux

Qui, penchés vers la terre, avec effort soulèvent,

Sans comprendre et penser, leur regard vers les cieux,

N'ont pas de passions, et végètent et passent

Sans songer un instant que c'est impiété

De ne pas exercer les dons de Dieu, qu'effacent

Et la torpeur du cœur et sa stérilité?

Donc, rêver et penser, aimer, voilà la vie !

Et, quel que soit le but inconnu qu'elle atteint,

Elle sera meilleure et sera mieux remplie

Si l'homme y cultiva ce qu'il a de divin.

LES OMBRES DU SOIR.

—

Tombez du haut des monts, tombez dans les vallées,
Grandes ombres du soir ! tombez sur les feuillées :
Par l'écho suspendue aux rameaux du buisson,
Du laboureur se tait la dernière chanson.
Des pleurs du jour déjà (toute chose a ses larmes)
S'abreuvent altérés les chênes et les charmes ;
Tout se tait, se recueille, et vos voiles épais
Étendent sous les cieux le sommeil et la paix.

Ainsi quand l'homme en proie à des pensers plus sombres,
Sent s'abaisser sur lui du soir les grandes ombres,
La chanson commencée hésite dans son cœur,
Et son front soucieux se couvre de pâleur;

Les pleurs du souvenir tombent sur sa pensée ;
En regardant s'enfuir sa jeunesse passée,
Il se tait, attendant que des voiles épais
Étendent sur sa tombe et la nuit et la paix.

LE PATRE.

———

Devant l'immensité, les cieux, la mer, l'espace,
Notre œil et notre esprit s'émeuvent, et l'on sent
Que le langage humain ne peut fixer la trace
De ce que notre œil voit et notre esprit comprend.

Le spectacle est si vaste, en effet, si sublime !
Qu'on éprouve, en pensant à toutes ces grandeurs,
Le trouble qui nous vient en sondant un abîme,
Et le vertige emplit notre tête et nos cœurs.

Car l'homme étant borné, défini, ne détaille,
N'explique, tout en lui se trouvant limité,
Que les choses qui sont faites comme sa taille ;
Jamais il ne pourra métrer l'immensité.

Il la voit, et c'est tout ; et son intelligence
L'émeut, l'irrite ou bien le rend indifférent,
Suivant qu'elle a de force ou qu'elle a d'indigence,
Ne sert qu'à ses instincts ou meut son sentiment.

Mais quel est le meilleur? s'élever, pour que l'âme
Ait la preuve, en montant dans les vagues hauteurs,
Qu'elle ne pourra pas y transporter la flamme
Et qu'elle ne verra rien dans ces profondeurs ;

Se créer un tourment grand comme ces problèmes ;
Dans cette obscurité voir le doute venir,
Ne pouvant expliquer ces mystères suprêmes,
Sentir tout ce qu'on croit dans ce trouble périr ?

Ou bien vaudrait-il mieux être comme ce pâtre,
Regarder sans penser et sans être exalté ;
Pour les besoins du corps travailler et combattre,
Et faire son bonheur de sa stupidité ?

Oui. — Mais l'esprit seul fait les nobles jouissances,
Le pâtre n'en a pas ! Son lot est différent,
Par la misère, hélas ! il compte ses souffrances,
Et notre intelligence est notre châtiment.

A MA MÈRE.

—

Quand ton œil vigilant, dans la longue veillée,
    Épiait mon sommeil,
Quand mon naïf regard et ma bouche éveillée
    Souriait au réveil,

Mère, te souvient-il de mes folles caresses,
    De mon rire éclatant,
Et des baisers sans fin qu'en tes douces tendresses
    Tu donnais à l'enfant?

Et ces chagrins boudeurs sur ma tête adorée
    Qu'un caprice amenait,
Et puis ces pleurs mutins sur ma joue empourprée
    Qu'un baiser essuyait?

Et quand tu protégeais, t'en souvient-il, ma mère ?
Mon pas mal affermi,
Et quand je bégayais dans tes bras ma prière,
Déjà presque endormi.

Et plus tard mes tourments et ta sollicitude,
Quand, fuyant la rançon
Que chacun doit payer au travail, à l'étude,
J'éludais ma leçon ;

Ta sévérité tendre, à regret exercée,
Châtiait le mutin,
Qui bientôt, le cœur plein, l'âme tout oppressée,
De pleurs couvrait ton sein.

De ces moments trop courts te souvient-il, ma mère ?
Comme au matin l'oiseau,
Je chantais à tout vent ma chanson printanière
Auprès de mon berceau.

Mon horizon brillait de ces nuages roses
Que l'aurore fait voir ;
Dans mon esprit passaient toutes ces belles choses
Qui naissent de l'espoir.

Je me laissais bercer par ces naïfspréludes ;

    Des rêves enivrés

Me montraient des jours pleins de longues quiétudes

    Et de loisirs dorés.

Et puis, que sais-je encor ? t'en souvient-il, ma mère ?

    Mais tout a disparu !

L'enfant vient de grandir sous ton œil tutélaire,

    Et puis l'homme a paru !

Au sentier de la vie avec un cœur timide

    Il commence ses pas,

Et pour le retenir sur la pente rapide

    Il n'aura plus ton bras.

Hélas ! qui l'aidera dans les luttes sévères

    De la réalité,

Quand l'âge emportera ses rieuses chimères

    Et leur prisme enchanté ?

Qui le consolera dans ses longues tristesses

    Et dans son désespoir ?

Qui versera sur lui le baume des tendresses,
    En lui rendant l'espoir?

Qui consola le Christ à son heure dernière?
    Qui calma ses effrois?
Oh! ce furent, mon Dieu! les pleurs de votre mère
    Aux pieds de votre croix!

Les terreurs de la mort s'enfuirent devant elle.
    De l'amour éternel.
Les mères ici-bas sont l'image fidèle.
    Oh! l'Amour maternel!

Il n'est pas de douleur, il n'est pas de tristesse
    Qu'il ne puisse calmer,
Rien ne trouble et n'abat son immense tendresse,
    Sa force pour aimer.

Car qui saura jamais comme sait une mère
    Nos plaisirs, nos douleurs?
Notre cœur tressaillit neuf mois dans le mystère
    De ses flancs producteurs;

Elle suivit vingt ans notre jeune pensée

D'un regard inquiet;

Son âme de veiller ne s'est jamais lassée,

Et c'est là son secret.

Elle est auprès de nous la sainte Providence,

Et, comme le Sauveur,

Elle nous a donné l'Amour et l'Espérance,

Et garda la Douleur.

SOUVENIR.

—

C'était hier. Je la vis sous cette allée ombreuse,
Et je ne pus la voir, la belle langoureuse,
Sans penser à l'amour. Elle paraît seize ans,
Et si rose et si blanche en ses seize printemps !
Elle a tant de fraîcheur dans son naïf sourire,
Et puis son long regard vers elle vous attire...
Son long regard si doux, clair comme un diamant,
Et ses beaux cheveux blonds lutinés par le vent ;
Et sa grâce en marchant, si molle et nonchalante,
L'harmonieux parler de sa bouche charmante,
Et son pied paresseux qui foule le gazon,
Dans son brodequin noir son petit pied mignon !
Elle a fui pour toujours, la belle langoureuse.
C'était hier ; je la vis sous cette allée ombreuse.

A UNE ÉTOILE.

—

Vous qui brillez dans la nuit claire
D'un éclat si vif et si doux,
Etoile à la blanche lumière,
O ma belle étoile, aimez-vous ?

Quel est le séraphin qui charme
Sur sa lyre vos longs ennuis ?
De cet œil clair comme une larme
L'admirez-vous toutes les nuits ?

Ou bien, discrète en vos tendresses,
Loin de nos regards curieux,

Versez-vous vos blanches caresses
Sur un pasteur aux longs cheveux?

Sans doute vous cherchez une âme
Qui se complaise en votre amour ;
L'autre nuit, votre douce flamme
A regret vit poindre le jour...

Quelque poëte à barbe brune
Vous suivait d'un œil inquiet,
Du soleil la vue importune
Put surprendre votre secret ;

Vous caressiez alors sa tête
Avec vos rayons amoureux,
Je le sais... Ma muse est discrète,
Elle n'en dira rien aux cieux...

Mais, blonde étoile, à leur fenêtre,
Comme toi sur le fond des cieux,
Mes amours viennent d'apparaître,
Tu te mires dans leurs beaux yeux ;

Adieu. De tes clartés moelleuses
Ton poëte aime à s'abreuver,
Et voici mes heures rêveuses,
Mon astre vient de se lever.

PAUVRE FILLE.

—

Pauvre fille ! en naissant le vice délétère
Imposa l'impudeur à ton corps mercenaire.
   Ainsi que l'on voit dans les prés,
Briser la fleur d'avril sur sa tige endormie,
Par le passant brutal, quoiqu'elle soit jolie,
   En riant on te foule aux pieds.

Nous préférons la rose à la fleur condamnée,
Car la rose au soleil ne s'est jamais fanée ;
   La pudeur anime son teint,
Et sa corolle au vent n'est jamais exposée,
Jamais les durs hivers n'ont glacé la rosée
   Qui frissonnait sur son beau sein.

Aux rigueurs des saisons sa pétale flétrie,

Aux baisers du zéphyr sa corolle amollie,

Peut-être aussi se fanerait.

La serre à sa pudeur offre un joug tutélaire,

Si le vent la frappait d'un souffle délétère,

Peut-être qu'il la briserait.

Elle serait alors comme ces fleurs vermeilles,

Et donnerait la joie et le miel aux abeilles

Qui les courtisent au grand jour.

Car je dis : quand devraient rougir toutes les roses,

Pour deux objets jumeaux toutes deux sont écloses,

Pour le plaisir et pour l'amour.

L'amour et le plaisir! fils du corps et de l'âme,

L'un n'est que le charbon lorsque l'autre est la flamme ;

Mais tous les deux également

Sont utiles, hélas! à l'humaine misère...

Oh! quand donc finira ton rôle mercenaire,

Pauvre fille! que je plains tant!!!

ÉGLOGUE.

—

Fragment.

—

GEORGE et FANNY.

GEORGE.

Fanny, c'est la moisson, et le soleil plus doux
Sourit, ainsi que fait à l'épouse l'époux.
Son amour féconda cette terre ; il caresse
D'un rayon plus brûlant les fruits de sa tendresse.
Ainsi, quand la jeunesse a doré notre front,
Quand l'été, succédant au printemps, rend fécond
Le germe déposé dans nos cœurs, on sent l'âme
Autour d'elle chercher où reposer sa flamme,
Autour d'elle chercher, dans un vague tourment,
Le cœur prêt à mûrir sous son rayonnement !
Aimons, aimons, Fanny, car c'est la loi divine ;
Rien n'est beau s'il n'a pas cette noble origine ;

Tous les songes charmants que l'enfance forma,

La force et la grandeur de l'âme, tout est là !

FANNY.

O George ! votre esprit ravit le mien ; j'élève

Mon âme à ces hauteurs où resplendit le rêve ;

Les soupirs de mon cœur sur l'idéal portés

Vers Dieu, vers l'infini maintenant sont montés ;

Et j'attends les bienfaits de la manne divine

Qui doit nourrir ma faim, calmer dans ma poitrine

Ce feu vague et profond désormais allumé;

Et pendant que je suis sous ce charme enflammé,

Le vide de mon cœur se remplit de tristesse.

GEORGE.

Mais quand ce cœur frémit sous le poids qui l'oppresse,

Et lorsque s'obscurcit votre œil baigné de pleurs,

Qui donne donc un charme à vos douces langueurs ?

N'avez-vous vu jamais une ombre insaisissable,

Alors fuir devant vous comme l'air sur le sable,

Et cette ombre passer dans vos songes la nuit?

FANNY.

Oh! oui; quand, le cœur plein, je rêve loin du bruit,

Je crois entendre alors un écho qui répète

Les soupirs échappés à mon âme inquiète,

Et je me laisse aller au muet entretien,
Car, George, c'est si tendre ! et cela fait du bien.

GEORGE.

Que dit cette voix tendre ?

FANNY.

        Oh ! cette voix est douce
Comme le chant des eaux qui coulent sur la mousse.

GEORGE.

Écoutez-moi, Fanny : n'avez-vous pas pensé
Jamais que le printemps est bien vite passé,
Que tous les jours le temps, s'avançant avec l'âge,
Mène insensiblement au terme du voyage,
Et qu'il faudra bientôt prévoir l'affreux moment
Où nous serons laissés dans notre isolement ?

FANNY.

Hélas !

GEORGE.

        Et le voyage est bien long et bien triste
Lorsque nul compagnon auprès de vous n'existe ;
Lorsque vous n'avez pas pour souffrir ou lutter
Cette force de cœur qui fait tout supporter ;

Une compagne aimante, un foyer de famille,
Où grandissent sous l'œil ou le fils ou la fille.

FANNY.

Oh ! je me plais si bien à penser comme vous,
Que je ne connais rien qui me soit aussi doux !

GEORGE.

Quand votre front charmant sur le sein qui l'attire
Se pose, avez-vous vu votre mère sourire,
Et l'amour maternel rayonner dans ses yeux ?
Oh ! quand je vois ainsi ce regard amoureux,
Ce regard rayonnant et doux, je sens mon âme
S'allanguir de plaisir à sa divine flamme ;
Et l'amour paternel, en germe déposé,
S'agiter et frémir dans mon sein oppressé !
Oh ! croyez-moi, Fanny, les rêves que vous faites,
Le tourment qui vous tient, et le vague où vous êtes,
Ont aussi pour sujet ce noble et pur désir,
Et vous cherchez un cœur pour pouvoir l'accomplir.

FANNY.

C'est cela ! je poursuis cette voix qui m'appelle.
C'est celà ! je l'entends ! Mais, George, où donc est-elle ?

GEORGE.

Si le ciel se plaisait à mettre à mon malheur

Un terme, et me voulait des jours pleins de bonheur,

Il vous révèlerait ce que je n'ose dire,

Et quel est l'autre cœur qui près de vous soupire ;

Et votre esprit étant par le mien exalté,

Sur le même sujet s'il s'étàit arrêté,

Vous sauriez, chère enfant !... Mais votre âme naïve

Sous un voile innocent est encore captive,

Et je tremble, en voulant découvrir votre cœur,

D'y rencontrer mon deuil au lieu de mon bonheur.

FANNY.

Oh ! vous me réveillez !... Le voile se déchire.

Le rayon désiré, George, je le vois luire !...

Comment pouvais-je donc ignorer mon bonheur ?

(Lui prenant la main)

Tenez, George, tenez, sentez battre mon cœur !

GEORGE.

Comment ! ce serait vrai ! vous m'aimez ! vous, ma femme ?

La moitié de mon corps, la moitié de mon âme !

Vous ? Oh ! dites-le-moi ! Je vois s'ouvrir les cieux,

Que votre douce voix me dise avec vos yeux

Ce mot tant désiré, ce mot d'aveu suprême ;

Que votre douce voix me dise : Je vous aime !

FANNY.

Revenons vers ma mère ; il faut, ô mon ami !

Que l'aveu de mon cœur soit par elle béni.

LA DERNIÈRE CHANSON.

Partons, Laïs ; l'herbe est fauchée,
La dernière fleur est séchée,
Soleil du jour, fraîcheur du soir,
Tout a fui sans dire au revoir.

Pourtant l'automne et son ivresse
Auront encore une caresse
Pour notre front qui s'est ridé,
Pour notre esprit qui s'est guindé ;

Car la sage et bonne nature,
Pour nous rendre sa loi moins dure,
Avant l'hiver a décrété
Les douceurs du petit été.

Reprenez votre robe rose,

Abandonnez cet air morose,

L'herbe est verte et le ciel sourit,

Mon esprit se ragaillardit.

Oui, votre esprit, mais pas votre âme,

Car cet Été n'a pas de flamme,

Et parmi ses derniers éclats

Le Rossignol ne chante pas.

TABLE DES MATIÈRES.

TYPOGRAPHIE HENNUYER, RUE DU BOULEVARD, 7. BATIGNOLLES.
Boulevard extérieur de Paris.

www.ingramcontent.com/pod-product-compliance
Ingram Content Group UK Ltd.
Pitfield, Milton Keynes, MK11 3LW, UK
UKHW020212130726
13696UKWH00002B/870